CPSIA information can be obtained
at www.ICGtesting.com
Printed in the USA
BVHW060901050323
659634BV00011B/1749

نبذةٌ عن المؤلِّف

وُلِدت في الثّالث عشر من أكتوبر عام 1995 في الإمارات، تحديدًا في إمارة دبي، ونشأتُ في إمارة رأس الخيمة.

إماراتيّة الجنسية متخرّجة من جامعة الإمارات العربيَّة المتَّحدة بتخصُّص الآداب في الدِّراسات السِّياحية.

حصلتُ على تدريبٍ في قصر الإمارات حيث إنَّني بعد التخرّج أخذت دبلوم في الضِّيافة وحصلت على دورةٍ تدريبيّة في هيئة تنمية السِّياحة في رأس الخيمة.

مظهري لا يصفُ شخصيَّتي أبدًا؛ فأنا مُحِبَّة للكتابة، مرِحة جدًّا مع الأقربين، اجتماعيَّة ولكنّي خجولةٌ بعض الشّي.

الإهداء

أهدي هذا الكتاب لكلِّ من ظنَّ أنَّه يُصارع هذه الحياة وحيدًا.

لكلِّ من مرَّ بظروفٍ صعبةٍ عليه شرحُها.

أهديه لِكُل أختٍ، وأخٍ، ولكلِّ صديقٍ وقريبٍ، ولكلِّ من عزَّ على قلبي.

أهديه من قلبي إلى قلوبكم أجمعين.

عفراء سالم

حتماً مررت به

AUSTIN MACAULEY PUBLISHERS™
LONDON • CAMBRIDGE • NEW YORK • SHARJAH

حقوق النشر © عفراء سالم 2023

تمتلك عفراء سالم الحق كمؤلفة لهذا العمل، وفقًا للقانون الاتحادي رقم (7) لدولة الإمارات العربية المتحدة، لسنة 2002 م، في شأن حقوق المؤلف والحقوق المجاورة.

جميع الحقوق محفوظة

لا يحق إعادة إنتاج أي جزء من هذا الكتاب، أو تخزينه، أو نقله، أو نسخه بأي وسيلة ممكنة؛ سواء كانت إلكترونية، أو ميكانيكية، أو نسخة تصويرية، أو تسجيلية، أو غير ذلك دون الحصول على إذن مسبق من الناشرين.

أي شخص يرتكب أي فعل غير مصرح به في سياق المذكور أعلاه، قد يكون عرضة للمقاضاة القانونية والمطالبات المدنية بالتعويض عن الأضرار.

الرقم الدولي الموحد للكتاب 9789948802655 (غلاف ورقي)
الرقم الدولي الموحد للكتاب 9789948802662 (كتاب إلكتروني)

رقم الطلب: MC-10-01-1511706
التصنيف العمري: E

تم تصنيف وتحديد الفئة العمرية التي تلائم محتوى الكتب وفقًا لنظام التصنيف العمري الصادر عن وزارة الثقافة والشباب.

الطبعة الأولى 2023
أوستن ماكولي للنشر م. م. ح
مدينة الشارقة للنشر
صندوق بريد [519201]
الشارقة، الإمارات العربية المتحدة
www.austinmacauley.ae

+971 655 95 202

شكرٌ وتقدير

لعائلتي وصديقاتي..
ولكلِّ من كان مِن الَّذين أشاروا على قدرتي على الكتابة،
وكيف أنَّ لكتاباتي القُدرةَ على مُلامسة قُلوبِهم.
لكم أنتم أيضًا جزيل الشُّكر، فذلك قد شجَّعني على الاستمرار؛
فكم هو شعورٌ جميلٌ أن تعلم أنَّ هناك من يشعر بك، وإن اختلفت الظُّروف!

هُنا يوجد التّالي..

هُنا أحكي لخبطةَ المشاعر والمواقف، هنا أقول وأصفُ كلَّ المشاعر: حبّ، قلق، وأحيانًا مواساة.

كتابي لا يخصُّ شيئًا معيَّنًا، بل يلمُّ كُلَّ الخواطر.

لا أكتب نفسي فقط، ولكنّي أكتب المواقف أيضًا.

قد تُقلّبُ ما بين الصّفحات لتلقى ما يخصّك، اقرأ ما تقع عيناك عليه، إنَّه مُبعثر.

قد تقرأ اليوم رسالةً، وغدًا حكمةً، والَّذي يليه قد يكون درسًا أو منطقًا يُرشِدُك إلى يقينٍ بشيءٍ ما، أو قد تجدُ حالةً من الحالات الَّتي مررت بها سابقًا.

أهدي كتابي للجميع، فهوَ يحتوي على رسائلَ أخصُّ بها أحدهم أحيانًا، قد يكون صديقًا، أخًا، أُمًّا، وكلّ من احتاج أن يعبّر عن شيءٍ ولكن خانته الحُروف.

كيفَ حال روحِك؟

قد تمرُّ أرواحَنا بعدَّة مراحلَ، حتّى أنّنا أحيانًا نعجز عن وصف حالِنا بالكلمات، لا أقصد التَّعيسة، ولكن حتّى السَّعادة يصعُب علينا التَّعبير عنها.
أحيانًا نبكي، وأحيانًا نصرخُ، وأحيانًا أُخرى نعجز عن الحديث لفترةٍ من الوَقت.
لم أُفكّر قطّ في كتابة حال روحي حتّى رأيتُ سؤالًا عن حال الرّوح يقول: "كيف حالُ روحك؟"، كتبَه الأستاذ الَّذي سأشكره كلَّ مرّةٍ في قلبي على كُلِّ التَّشجيع والثَّناء على كتاباتي، أستاذ "أحمد جبران" ويُدعى "حُمه"، فكلَّما قرأتُ السّؤال بدأتُ بالتَّفكير اللّا مُتناهي؛ أبحث عن جوابٍ هذا السّؤال، حتّى أتى ذلك اليوم الَّذي قرَّرتُ به أن أكتبَ حال روحي، وكأنَّه قد ألهمني بذلكَ!
أحيانًا نحن نملكُ الأجوبة، لكن لم يأتِنا السُّؤال المناسب بعد لنبوحَ بها.

في الثّامن من يوليو 2021

لا أعلم كيف حالُ روحي الآن..
أو أنَّني أعلم أنَّها مُشتَّتةٌ، أخبرها كيف تُواجه الأمور، فتعصيني!
روحي تجول خارجَ قبضةِ يدي.
مؤخَّرًا بدأتُ أسترجِعها قليلًا لأنَّها أرهقتني.
روحي ذبُلَت، أو باتت تُصبح بليدةً بين الـ (إمَّا ولو)!
روحي مُتردَّدةٌ مثل كتاباتي، حرفيًّا.

في الرّابع والعشرين من يوليو 2021

روحي مُتفهِّمةٌ الآن.

روحي تعلَّمَت، لكن ما زال بها القليلُ من العِناد، فلا بُدَّ منه.

روحي جريئةٌ؛ أصبحت تعصي الكِتمان.

رويدًا على أرواحكمَ! أبدلوا جِلدَها بتجديدِها.

في التَّاسع والعشرين من أغسطس 2021

روحي هالكةٌ جدًّا، ولكنَّها في طورِ الاستشفاء.

تبحثُ عن كُلِّ ما يُرضيها، تفعل ما تُريد.

تقول "لا" عندما تُريد؛ (صارمةٌ لكنَّها ليسَت قاسية!)

أجِدُها بخيرٍ هكذا.

لا بأس، إنَّها تتشافى.

في الثَّالث من نوفمبر 2021

روحي مُتصالحةٌ معي الآن، حتَّى في الخِصام..
لكنَّها حسّاسةٌ بعض الشَّيء!
لا أشكي حساسيَّتها لأنَّها تجعلُني أعبّرُ عمّا أُريد وبالطَّريقة الصّحيحة:
كالبكاء في بعض الأحيانِ،
والتحدُّث عمّا يُزعجني في أحيان أُخرى؛
لأنّي في طبيعةِ الحال أُفَضِّل الصَّمتَ.

التّاسع عشرَ من نوفمبر 2021

روحي تتجاهَل. حتّى أنَّها تأبى أن تُكلِّمني!

فقد فقدَتِ الرَّغبةَ في الحديث.

هي مُمتلئةٌ، وإن أمعنتَ النَّظر بها تجِدها فارغةً!

في العاشر من ديسمبر 2021

روحي..

ظننتُ أنَّها تشافَت، باتت مُشرِقةً، شفّافةً، يخترقُها النّور.

ولكن هذا ليس الصَّحيح؛ فالصَّحيحُ أنَّها أخفَت كُلَّ ما تشعُر بهِ، لتبدو كذلك؛

فتأتي المواقفُ لتُذكِّرها بما أخفَت ذاتَ يوم.

ولكن لا بأسَ، فكما قُلنا: "هُناك فترةٌ لكلِّ شعور".

الثَّامن عشر من ديسمبر 2021

روحي..

تقف بين: "هل أفعلُ؟ أو لا أفعل؟"

بين: "هل سأندم؟ أو لن أندمَ؟"

بين: "هل مللتُ؟ أو إنّي مُتعبةٌ فقط؟"

هي بين: "السُّكون والضجيج!"

روحي تقفُ في هذه الحيرة، حيثُ إنَّها لا تتقدَّم ولا تتأخَّرُ!

هي تنتظرُ فقط، ولا تعلم حتّى ما الّذي تنتظره؟!

الثّامن عشر من يناير 2022

كيف حالُ رُوحي؟

بتُّ أسألُ نفسي هذا السّؤالَ مُنذ يومَين.

وأعجز عن الإجابة! فأنا لا أعلم كيف حالُها!

لا أعلم إن كانَت في راحةٍ، أم أنَّها تدَّعي الرّاحة.

لا أعلم بمدى استقرارِها، كأنَّها في دوّامةٍ نسَيت مَعنى الوُقوف والهُدوء..

كأنَّها تُحاول ترميمَ ما هُدِم، ولكنَّها تخربُه في نفسِ الوقت!

تشعرُ بالرَّغبة في الهُروب.

ولكنَّها تعي أنَّها أقوى من ذلك، فتختار الصُّمود.

لا أعلم إلى متى؟ ولكن، هذا حالُها في الوقت الرّاهن.

الثَّالث والعشرون من يناير 2022

روحي تُريد أن تتجدَّد بعد أن واجَهت ما لا تُريد.

قد لا أعلم حقًّا كيفيَّة إصلاح الرّوح!

ولكن أعتقدُ أنّي أمشي في الطَّريق الصَّحيح.

حيثُ إنَّي أفعلُ ما أُريد، ولست مُجبرًا على فِعل ما لا أُريد.

لا أحدَ مُجبرٌ أن يكونَ كما يُريد النّاسُ، فلا أحد سيعيش حياتك غيرك.

"فأحسِنْ مُعاملة روحك، وجدِّدها بالطيب دائمًا."

أحكيك..

لا ننقصُ من دونِ أحدٍ، لأنَّنا خُلِقنا دونهم، ثمَّ وضعناهم هناك وقُلنا إنَّهم أكمَلوا نقصَنا.

نحن لا ننقصُ من دونِ أحدٍ، نحن من حفرنا أماكِنَهم في قلوبنا، وحين رحلوا ظلَّتِ الحُفرةُ مجوَّفةً، خاليةً، مُوحشةً ومُظلِمة.

نحن لا ننقص من دونِ أحدٍ، نحن مَن زرعناهُم بداخلنا، واضطررنا للمرور بألمِ اقتلاعهم بعد أن تمَّ تثبيتُهم.

نحن من فعلنا كُلَّ ما يؤلمنا حينَ ظننّا أنَّهم تكملة نقصنا، وهُم ليسوا كذلك.

يرغبُ الجميع بالسّعادة، لكنَّهم لا يكفّون عن كتابة الحُزن وقراءته، وحتّى تذكُّره، فتذوُّق الطّعام نفسه يوميًّا يُصيبهم بالملل!

لهذا تكونُ الحياةُ جميلةً بحُلوها ومُرِّها أيضًا.

تتذوَّق بها كُلَّ أصناف المشاعر والمواقف والأحداث، لأنَّكَ لن تعلمَ معنى السّعادة إن لم تشقَ.

لا تَعِد أحدهم بشيءٍ، فالأمر مُخيّبٌ للأمل.
قُل: "سأكون معكَ دائما"، من غير (أعِدُك)؛ فالظُّروف قد تُغيِّرُ الوُعودَ.
أنت تودُّ إبقاء تلك الوُعود والوَفاء بها، ولكن قد يحدث شيءٌ يجعلُك تيئَس فتتوقَّفَ عن الوفاء بوَعدك وإكمال الطَّريق.
أو قد يكون الطَّرفُ الآخر لا يستحقُّ الوَعدَ الَّذي أعطيتَهُ؛ فتضطرُّ لتركِ يديه، لأنَّ إمساكها مؤلمٌ.
الكثيرُ من الأشياء تُقلب موازين كُلِّ شيءٍ.
أنت أحيانًا تعِدُ نفسك، فلا تَفي لها!
فكيف لغير نفسِكَ لا تخلف؟!
نحن نحاول ألَّا نكونَ من المُنافقين الَّذين إذا وَعدوا أخلَفوا.
لـهذا: "عِدْ بما أنتَ مُتأكِّدٌ من عدم إخلافهِ."
"عِد بما تقدرُ، وليس بما يفوقُ طاقتك."

لا تَقُلْ ما لا تفعل!

ولا أقصدُ النَّصيحة هُنا، قد ينصحُ أحدهم الآخرَ بشيءٍ لم يفعله، لأنَّه قد نال مُرَّ عدمِ فعله.

ولكن هُناكَ من يعلم بوُجود أشياءٍ جميلةٍ في هذه الحياة، ومن هم حولَه يعلمون أنَّه لا يفعلها.

هُناك فُرصٌ مُتاحةٌ له ولا ينتهِزها..

هُناك من هُم يحبّونه بشدَّةٍ فيبتعد عنهم، وهو يعلمُ جيّدًا ما هو الأفضل له..

يكتبُ عمّا هو أفضل، ولكنَّه لا يفعله!

إذاً: لا تكتبْ فتُوهِم نفسَك ومن هُم حولك أيضًا.

قد يعيشُ أحدُهم على أفكاره وأوهامه بشكلٍ جميلٍ جدًّا، ولكنَّه لا يطبِّق تلك الأفكار على حياته الواقعيّة.

قد يكون الوَهمُ وسيلتَه الوحيدةَ ليعيشَ حياتة بالشَّكل الَّذي يُريد.

الاكتفاءُ بالنَّفس لا يعني الوحدةَ كما يظنُّ البعض، إنَّما هو الرِّضا التّام عن كُلِّ ما تعمل، وراحةُ البال، وصُنعُ الخير دون أيِّ ندمٍ.

وهو كما لو أنَّك كفيت النّاس شرَّ نفسكَ، وكفيتَ نفسَك شرَّهُم.

الاكتفاء بالنَّفس؛ هو أن تُعالِجَ نفسَك بنفسك، لأنَّك قادرٌ وتُحِبُّ نفسَك باكتسابِ الأجرِ عِندَ مُساعدة من يحتاجك بجانبه..

بالابتسامةِ، لأنَّها صدقَةٌ لا تُكلِّفكَ شيئًا أبدًا.

بتقرُّبك من الله، لأنَّك مهما اكتفيتَ بنفسكَ أنت تعلمُ أنَّ لا قوَّةَ لكَ من دون خالِقكَ.

هكذا يكون الاكتفاء بالنَّفسِ..

وهو لا يعني أن تكون وحيدًا أبدًا.

لا أحدَ مُختلفٌ، فالاختلاف يكمُنُ في القلوب.
أنت تختار المُختلفَ إذا جاء على مقياس قلبكَ.
تجدُ أنَّه مختلفٌ في قلبكَ، ولو لم يكُن كذلك.
لأنَّك تُحبُّه، هذا أمرٌ لا يعني أنَّه يختلفُ عن البقيّةِ.
فلا عتب على التَّشابهِ.
جميعُنا من طينٍ، ولكن إنَّها القُلوب وما تهوى.

قد تسألُ نفسكَ أحيانًا:

ما الَّذي أعيشُ لأجله؟

ماذا أفعل؟

وخصوصًا حين تكونُ حياتُك خاليةً من الرَّغبة!

حيثُ إنَّك تنتظرُ شيئًا لم تنلهُ حتَّى الآن، أو أنَّك لا ترغب بفعل أيِّ شيءٍ، فلا يجذبكَ شيءٌ، ولا حتَّى يلفت انتباهك شيءٌ.

ولكن، حين نتعمَّقُ بالأمر نجدُ أنَّ الله أوجَدَنا لسببٍ.

وما شعورُك إلَّا إبتلاءٌ من الله واختبارٌ لصبرك؛

فاصبرْ صبرًا جميلًا، "لعلَّ اللهَ يُحدِثُ بعد ذلك أمرًا".

صديقي:
قد نقَعُ جميعُنا فيما هو مؤلمٌ، نجتمعُ لنسيانِ كُلِّ ذلك.
إذا كانت حياتُك صعبةً، لا تُصعِّبْ حياةَ الآخرين معك.
لا أقصِد ألّا تُشارِكَهم حُزنَك، ولا أقصِدُ ألّا تُفضفِضَ!
لكن هُناك مَن يضغط على من هُم حولَه، كأنَّه الوحيد الَّذي ذاقَ مَرارة هذه الحياة دون أن يسمعَهم.
الصّداقةُ مُشاركةٌ، تفاهمٌ، تقبُّلٌ، وليست أنانيةً.
فقد يأتي إليك أصدقاؤك بدافع نسيان ما عكَّر مزاجَهم، وتأتيهم بكلِّ ما يؤلمُ قلوبَهم؛ من عتابٍ، وقلَّة تقديرٍ، وخذلانٍ.
أنت تسمعُ لتستَمِعَ، فالصّداقة أخذٌ وعطاءٌ، ولكن دون أيِّ شُروطٍ.
الأصدقاءُ دواءُ الرّوح، فإن لم تَكُن لصديقك دواءً فلا داعي لصداقتك.

من شدَّةِ حبّكَ لأحدهم، تضعُه في مكانٍ لا يليق به، ثمَّ تكتشفُ ذلك بعد وضعِكَ له!

ولكن هل تندم؟

لا.. لأنَّ من وضعتَهُ كان قد يكون فعلاً في موقعه، فتغيّره الأيَّام.

حسنًا، ثمَّ أنت!

أنتَ لا تندم، فكلُّ شيءٍ يتغيَّر مع مُرور الأيَّام.

فلا حسرة على أيّ كان، لأنَّ حسرتَك الوحيدةَ هي حسرتُكَ على نفسك إذا فقدتَها.

لكُلٍّ مِنّا حياةٌ..

إذا تعمَّقنا بالتَّفكير بمن هُم حولنا، سنُدرك أنَّ في حياة كُلِّ شخصٍ هُناك حياةٌ لا نعرفُها، وأنَّ الجميعَ لا يمثِّل ما يعيشه في حياته من ظروفٍ ومواقفَ وأشخاص وعَقباتٍ.

نحن فقط ننظُر إلى حالاتِهم الَّتي نُقابِلهم بها.

أنتَ بحدِّ ذاتِك لك حياةٌ، هُناك من يتمعَّن بها، وهناك من يُواجِهُها، وهناك من يُقارنُها بحياة أحدٍ آخر، وهناك من يؤجِّل ما بها، وهناك من يستسلمُ، وهناك أيضًا من يعيشُها بحُلوِها ومُرِّها.

لكلٍّ طريقته الخاصَّة بالنَّظر إلى حياته.

قد يظنُّ البعضُ أنَّ حياته أصعبُ ممَّن حوله، وأنَّ اللهَ قد كتبَ له الشّقاء من بين الجميع.

وبدلًا من إصلاح حياته، يرى الحياةَ الظّاهرة للآخرين، وينسى أنَّ بِها خبايا لا يعلمها غيرُ الله.

ضع عينيكَ على ما تملكُ، وعلى ما تُريد أن تحصلَ عليه بعقلك، وعلى ما تتمنّى، وارفعْ أَمَلَك بالله..

فلا تعلمُ متى يُسعدك؟

فالله لن يُشقيكَ إلّا وهو يعلم أنَّكَ قادرٌ على تجاوز الشّقاءِ، فقط لا تستسلم.

ماذا لو تشابَه جميعُ من هُم حولنا؟

ولكن لا أقصد تشابُهَ الوُجوه، بل التصرُّفات والأفكار، وحتَّى ردود الأفعال!

ماذا لو تشابَهت نُفوس من هُم حولنا؟

قد يزعمُ البعضُ أنَّ ذلك لن يحدثَ، وأنَّها ليست حقيقةً، ولكن من شدَّة خذلانِ أحدِهم بالكثير يُصبِحُ لا يُميِّزُ الأشخاصَ من حوله، يراهُم جميعًا مُتشابِهين ولو اختَلفوا، هذا ما بَناه مَن قابَلهم في جَوفِهِ "انعدام ثِقةٍ"، حتَّى باتَ لا يثِقُ بأحدٍ أبدًا؛ لدرجة أنَّه يشكُّ في نفسه أحيانًا:

"هل أنا مثلهم؟ هل بتُّ أشبِههم؟"

هذه اللّيلةُ تختلفُ كثيرًا عن كُلِّ اللّيالي؛
في هذه اللّيلةِ افتقدَتْ عيناي ذاكرةَ النّوم، لم أعُد أعرفُ كيفيَّة النّوم، وكأنَّه شيءٌ لم أفعله قطّ.
كُنت أنام دائمًا هربًا من تقلُّب الفِكر، هربًا من كُلِّ ما يجول في جوف قلبي، هربًا من أسئلةٍ لا أجوبة لها، هربًا من نفسي أيضًا.
كُنت أنامُ بعمقٍ كبيرٍ رغمَ ما بي من كلامٍ، وكأنَّ شيئًا لم يَكُن.
في هذه اللّيلةِ فقط نسيتُ كيف يأتي النَّومُ بعد التَّعب! نسيتُ كيف أنّي عندما أُغمِض عينيَّ سأنام حتمًا!
بل إنَّ النَّوم نَسيني في هذه اللَّيلة.
سكنَ ذلكَ الفِكر عقلي لدرجةِ أنَّه بات لا يستوعبُ النَّوم.
وكلُّ ما يجول به هو: (كيف، لماذا وماذا)!
نعم، لديَّ استيعابُ أنّني أحتاجُ قِسطًا من الرّاحة والنّوم؛ ولكن علِمتُ ما معنى أنَّه ليس بيديَّ حيلة؟!

كوَّن اللهُ هذا الكَونَ لِنكونَ، فكيف يقولُ المرءُ: "من أكون؟!" وهو يعلمُ أنَّه كائنٌ من كَون اللهِ! كُل ما كوَّنه اللهُ كائنٌ، لدرجةِ أنَّ لكُلٍّ منّا كائنًا يكون معه في السـرّاء والضرّاء؛ فكيفَ تستنكِر كونَك؟

قد يأتيكَ ذلك الوقت الَّذي ترى أنَّ جميعَ من أحببتَهم قد رحلوا، ولم يبقَ منهم إلّا الذِّكرياتُ الَّتي ستُقلِّبُ صفحاتِها مُبتسمًا أحيانًا، وأحيانًا أُخرى لا تكُفُّ بها عيناك عن البكاء.

لن تعلمَ: هل تبكي لأنَّك تفتقدهم؟

أم تفتقد نفسك الَّتي كانت معهم!

أم تفتقد تلك الأيّام فقط، لا من بها!

تُريد البدءَ من جديدٍ، ثمَّ تأتيك تلك الأفكارُ:

هل ستكون صفحاتي الجَّديدة يملَؤها القَديم؟

هُنا أنتَ من يُقرِّرُ ذلك.

إيَّاكَ أن تقف متمسِّكًا بذكرياتٍ لا رُجوع لها، تؤلمُكَ قبل أن تُفرِحكَ.

أنت الآن تقِف ما بين قديمِك وجديدكَ!

تقدَّم..

تعلَّمت بما فيه الكفاية، وستعلمُ إن أكملتَ أنَّ رحيلَهم لم يكُن إلَّا خيرًا، وأنَّك لن تنقص إلَّا نفسك إن لم تَخطُ خطواتِك إلى الأمام، وأنت مُستعدٌّ ومُوقنٌ أنَّ ما ينتظرك أفضل بإذن الله.

عندما نقع في الحبِّ، نحنُ لا نعلم عُمق هذا الوُقوع.
فقط نخوض به حتّى آخر نفسٍ، حتى نبلغَ الغرق..
لا تُنقذنا إلّا ذاتُنا.
نختبر العديد من المشاعر بكلمة حبٍّ فقط، كالخوف، والجمال، والانهيار، والصَّدمة، والصَّبر، والنَّدم، والفَرح، والحُزن، والبُكاء، والوِحدة، والاكتفاء، والفراغ، والصِّراع.. وغيرها من المشاعر الَّتي يصعُب أن تشرحَها.

الأملُ بصيصُ ضوءٍ داخلَ الجَّميع.
هُناك من يقتلهُ، وهناك من يُريحه وُجوده.

لم يَعُدْ شيءٌ كما كان، أو كُنّا.

فكُلُّ ما كان ليس ما زالَ، وإنَّما "زالَ" فقط!

والـ"ما" أصبحت "ما عُدنا" و"ما عاد"..

<u>كُنّا</u> ماضيًا، مُضارعُها <u>أصبحنا</u>، ومُستقبلها <u>لن يعود أبدًا</u>.

سأبوح بما في قلبي من حديثٍ ما دامَ لا يمسُّ كرامتي!
فمِن حقّي البوحُ والتَّعبير!
فبقاءُ الحديث طويلًا يُميتُه، بغضِّ النَّظرِ عن جمال كِتمان ما يستحقُّ الكتمانَ.

أنت لا تعرفني جيّدًا، أُعطيك مُهلاتٍ وليس مُهلةً!

أصبرُ كثيرًا حتّى يملَّ الصَّبرُ منّي.

أنا لستُ جبانًا، ولا أخافُ رحيلَكَ!

أنا فقط صبورٌ لأبعدِ مدىً..

لأنِّي حينَ أتركُكَ وأرحل، لن تجدَ منّي ولو شيئًا بسيطًا.

قد نخوضُ في أمورٍ نظنُّ أنَّها سهلةٌ، ولكن يتَّضحُ أنَّها أصعبُ م
مَّا ظننّا، نحنُ غالِبًا ننظرُ إلى ما قد يحدثُ بعد سنواتٍ،
ونتركُ ما قد يحدثُ غدًا.

نحن غالبًا نقولُ:

"يجب أن نعيشَ كلَّ يومٍ بيومه"، ولكن لا نفعل ذلك!

بل نعيشُ ونحنُ نُفكِّر في الغَدِ، وما بعده، وبعده..

نحنُ غالبًا لا نستمتعُ بلحظاتنا الحاليَّة، ولكن نتواكلُ دائمًا
بما قد يحدث بعد ذلك؛

لأنَّ الإنسان غالبًا ما يكون: مُتواكلًا لا مُتوكِّلًا،

مُستعجلاً يشتري همَّ نفسه بنفسه.

لا تجعَلْهم يُحبطوكَ!

إن لم يستمعْ لكَ أحدٌ، فأنت تسمعُ نفسكَ؛

لأنَّ البحثَ عمَّن يستمعُ لك يأخذُ وقتًا طويلًا، وجُهدًا أكبر.

أنت لن تضطرَّ للبحث إن كُنت على

يقينٍ أنَّ صوتكَ لكَ حتّى تُنجزَ شيئًا لنفسكَ.

أجل، نحتاجُ التَّشجيعَ،لكن نحنُ وحدَنا من نعلمُ أنَّنا

أكبرُ ممّا يرون! وأبهر من نظرتهم لنا!

فإن لم تستَمِعْ لصوت نفسك، فلن يستمعَ لك أحد.

إن أردت أن تكونَ أمانَ أحدِهم، لا تُخفْهُ؛ فالأمانُ نعيمٌ. طمئِنْ قلبَه، احتَوِه، وامنَعْه من أن يخافَ! فالخوفُ مُظلمٌ.

كانت تَرجو أن يسمعَها أحدٌ كُلَّ ليلةٍ،

ليرُدَّ على كلماتِها غيرِ المُرتَّبةِ.

كانت تَرجو مكانًا دافئًا جميلًا، فقد أكلَ البردُ جوفَها.

كانت تَرجو شرابًا دافئًا، فقد جمَّد الهواءُ الباردُ حلقَها.

ثمَّ بعد الرَّجاء تُفكِّرُ: كم سيمتّد هذا الوضعُ؟

"للعلم إنَّها كانَت أوَّلَ ليلةٍ في بداياتِ الشِّتاء."

هل سأموتُ بردًا؟

هل سأفقدُ نفسي لأنِّي فضَّلتُ إبداءَ رأيي؟

هل أترك تشبُّثي بحريَّة فِكري، طلبًا وتفضيلًا للدّفءِ والرَّحمة؟

وبذلك استسلمَت، وتركَتْ كُلَّ أفكارها،

وعادَت لما لم تكُنْ تُريدهُ.

وهكذا تُكسَرُ بعضُ الأحلام.

لا مُستمعَ يصغي!

لا مُنصتَ يجيب،

فقط قيود فكرٍ بات عليها الصدأُ،

حتّى أصبحت هشّةً وتحطَّمَت.

هل أحسستَ يومًا أنَّك تُريد، ولكن لا تريدُ؟!
تريدُ شيئًا بشدَّةٍ، لكنَّك تخافُ التّالي.
تقولُ لنفسِك وأنتَ تخوضُ التَّجربةَ: "لا بأسَ، سأُجرِّبُ!"
ثمَّ تسألُ نفسَك تلك الأسئلةَ:
"هل أتوقَّفُ، أم أُكمِل الطَّريق؟"
هل يستحقُّ الإكمالَ، أم أنَّه لا يستحقّ؟!

ولكنَّني أُريدُ!

"هل سأكتفي بما أخذتُ؟ أم أنَّني أطمعُ بالمزيد؟"

ومع ذلك تُكملُ.

"هل سأندمُ؟"

لا، خُضتُ لأعلمَ، ثمَّ أتعلَّم، إن كُنتُ سأُعيد فِعلتي مرّةً أُخرى، أو إن كنت سأختارُ طريقًا آخر.

عزّة النَّفسِ!

ماذا تعني عزّةُ النَّفسِ؟ هل هي شيءٌ ضمنَ الكبرياءِ؟

هل هي حفظُ الكرامةِ؟

بالنِّسبةِ لي، عزَّةُ النَّفسِ تعني:

أن أحبَّ نفسي، وأصونها، وأكره أن يؤلمَها أحد.

عزَّةُ نفسي ليسَت تكبُّرًا!

أو ألَّا أتنازلَ، أو ألَّا أُسامحَ!

ولكن هي أن أُسامحَ وأصفحَ،

ولكن لا أُذلَّ نفسي لمن لا يُقدِّرها.

نفسي عزيزةٌ غاليةٌ، إنَّها أنا!

لا أسمح أن يُبعثرها أحدٌ فأضيع أنا.

لا أحبُّ أن يلعب بها أحدُهم بكلِّ هدوءٍ، ثمَّ أجري خلفه كأنَّ نفسي لا تعُزّ عليّ!

عزَّةُ نفسي لا تسمحُ لي بالجَري خلفَ مَن لا يَصونُني!

مَن لا يضع اعتبارًا لمشاعِري بحجّة أنَّه قد تعِبَ!

أو تهالَك من التمسُّكِ.

أنا أعلمُ أنَّ نفسي باقيةٌ لي، ونفوسُ الآخرين باقيةٌ لهم.

أنا لا أطمحُ لخسارة نفسي،

ولكن لا بأسَ بخسارةِ من لا يصونني،

فمن خلقهُ خلقَ ملايين غيرَه.

تختلفُ تقديرات النّاس، وتختلف مواضِعُهم في قلوبنا،

لكن نحن لم نرَ الكثيرَ، فهُناك من يصون فسيُغنينا

الله بهُم عمَّن لا يَصون.

تكرارُ الشُّعورِ المُوحش يُشبهُ دخولَك في جوفٍ مُظلمٍ مرّةً أُخرى.

هل ستفعل كما فعلت في المرَّة الفائتةِ؟

أم أنَّك ستسكتُ لأنَّ الكلام لا يأتي بفائدةٍ؟

أم أنَّك ستفعل ما لا تفعلُه عادةً؟

أجل، تعبتُ من الانتظارِ، والحيرةِ!

تعبتُ من تكرار الأسئلة على نفسي!

"الأسئلة الَّتي لا أجوبة لها مُتعبةٌ جدًّا."

تلك الأسئلةُ مُتعبةٌ لأنَّك لا تستطيعُ طرحَها، وتنتظر الطَّرفَ الآخر كي يتحدَّث بها،

وأنتَ تعلمُ من بين احتمالاتكَ الكثيرةِ أنَّ حديثَه يشبه المستحيلَ أحيانًا.

قد نتخلَّص أحيانًا من أشخاصٍ أو أفعالٍ، أو حتَّى من عاداتٍ، ولا عيبَ في ذلك.

رُبما قد حلَّ ما ضرَّنا من شخصٍ، فتركناهُ!

أو حال به الحالُ وتغيَّر، فتركناهُ!

أو قد بدأتَ تنفرُ، ولا راحةَ لك عندَه!

وهناكَ أشياءٌ كثيرة قد تُبعِدنا عن الأشخاصِ.

كذلك ترك الأفكارِ؛

قد تتغيَّرُ أفكارنا كُلما نضجنا،

أو بعد المرور بمواقفَ صدَمَت عُقولنا وغيَّرت أفكارنا.

لا أقصدُ السَّلبيَّةَ، ولكن قد يحدث أن تُفكِّرَ بطريقةٍ مختلفةٍ تماماً عن أفكارك القديمةِ.

ولا عيبَ في ذلك! فنحن نتعلَّم كلَّ يومٍ،

ونكسبُ كمًّا هائلًا ممَّا كُنَّا نجهل في ما مضى.

بالنسبة لتركِ العاداتِ، فلها تأثيرٌ كبيرٌ علينا
فعندَ ترك العادات يظنُّ البعضُ أنَّها جريمةٌ؛
ولا أقصدُ هُنا عاداتِ الدّين، أو عاداتٍ تضرّ بمَن حولنا،
ولكن كُلُّ ما هو جديدٌ خارجٌ عن المألوفِ،
ليس مشروطًا أن يكون شيئًا سيّئًا!
قد نخرجُ عن المُعتاد إذا أراحنا، ولا بأسَ في ذلك.
قد ينتقدُنا النّاس، ولكن نحنُ لا نعيش لنقنعَ
الآخرين بقناعاتِنا.
وكما نعلمُ: "إنَّ إرضاء النّاس غايةٌ لا تُدرَك."
عِشْ كما تُريد، وليس كما يُريدون.

احترِموا حياةَ بعضكم، لا تتطاولوا على حياةِ غيركم!
إن رأيتم أحدَهُم سعيدًا، فتمنّوا له السّعادةَ أضعافًا!
وافرحوا لفرحهِ.
حياةُ أحدهم ليست ملكًا لكِ أو لكَ، لتتدخَّلوا بالتَّفاصيل!
كلٌّ يُسيِّرُ حياته على هوى نفسِه، وليس على مَزاجكم.
كونوا مرنين وخفيفين على غيركم.

اكتشفتُ أنَّني لا أعتادُ الأشياءَ.

لا أعتادُ التغيُّراتِ الّتي تحدثُ في حياتي، أنا أتأقلَمُ فقط.

أتأقلمُ مع الأشياء، الأحوال وحتّى الأشخاص!

وإن تغيَّر مُحيطي أرجعُ للتّأقلُمِ مرَّةً أُخرى.

علينا أن نتركَ ما بداخِلنا أحيانًا، أو بمعنىً آخر:

أن نتركَ المشاعر قبل أن تتركنا الأشياء.

التخلّي ليس عيبًا!

لكن يجبُ أن تَعرِفَ خسائرَك ومكاسبك أوّلًا؛ ليسَتِ الماديَّة منها، ولكن المعنويّة.

وأنا أعلمُ أنَّ كلَّ مَن كتبتُ له جزءًا من قلبي رحلَ!
لم يرحل كليًّا، لكنَّه رحلَ بشكلٍ من الأشكال.
أُواسي قلبي بالأعذار، فلا عُذرَ لهم من الأساس.
أعلمُ جيّدًا أنّي قادرةٌ على التّجاهُلِ، التّجاوز، والتخطّي.
ولكن، هُناك ندبة لكلِّ ذلك!
لا أحدَ يفهم خوفي، لذلك لا يؤخذ بعين الاعتبار.
قد تنصحُ أحدَهُم، لكنَّك لا تعلم قُدراتِه.
تعلَّمْ، لن يشعرَ أحدٌ بما تشعرُ بالتَّحديدِ...
ولكنَّ الكلامَ سهلٌ جدًّا.

عندما كنتَ تُعطيهم من طاقَتِكَ، لم تلقَ تلك الطّاقة منهم بالتساوي، ثمَّ ينفذُ عطاؤُك، فيأتون باحثين عن تلك الطّاقةِ التي قُتِلت بسببهم، فلا يجدونها، ثمَّ يتغيَّرون.

ومَن المُلامُ؟! إنَّه أنتَ بالتَّأكيد؛ لأنَّكَ أنتَ من تغيَّرتَ!

هم لا يعلمون أنَّ طاقاتِ البشر تنفذ!

والصّبر ينفذُ، وحتّى مقدار العطاء يقلُّ.

إلى صديقتي الَّتي لم تعُد كذلك..

فكَّرتُ مِرارًا إن كُنتُ قد أخطأتُ حقًّا في حقّكِ لأنال كُلَّ ما فعلتِه لي! ولكنَّني لم أجدْ سببًا أبدًا

كُنتِ الأُولى؛ حيثُ إنَّني قد وضعتُكِ فوق نفسي!

كُنتِ مَلجَئي دائمًا في كُلِّ الظّروفِ، وكنتِ الوَحشةَ في بعض الأحيان..

بقدرِ ما وَثِقتُ بكِ جعلتِني أشكُّ بنفسي كثيرًا،

حيثُ ظننتُ أنَّ الشكَّ بكِ مُحرَّمٌ!

لم تكُن هذه غلطتكِ، فقد كُنتِ أنتِ!

ولكنَّني وضعتُكِ في منزلةٍ عاليةٍ جدًّا، وجرَّدتُكِ من الأخطاءِ، والعُيوبِ، وحتّى الزّلاتِ، خوفًا من خسارتكِ!

ونسيتُ "أنَّ الخسارةَ الحقيقيَّةَ تكمنُ في خسارة الذّات".

كُنتُ الملامةَ على ما لم أفعلْهُ!

وكُنتُ أرتدي أخطاءً لم أرتكبها قَطّ.

وأشكُركِ على ذلك.

فالآن أنا أعرفُ جيّدًا ما معنى أن أضعَ نفسي فوق كلِّ شيءٍ!
وكيف أنَّ ارتكابَ الأخطاء تصقلُ الإنسان داخِلًا وخارجًا!
وكيفَ أنَّ النَّفس عزيزةٌ جدًّا!
حيثُ إنَّ الله لا يُكلّف نفسًا إلّا وِسعها!
وكيف أن أُعطي بقدرِ ما آخذُ، لا زيادةً على ذلك ولا نُقصان!
"لا أشكرُك أنتِ فقط!
بل أشكرُ كلَّ من أعطاني درسًا صقلَ شخصيَّتي للأفضل".

عندَما تعلمُ تحديدًا ماذا يحدثُ؟
وتعلمُ كيف أنَّ الأُمور تجري؟
تُصبحُ أنتَ المُلامُ في آخر الطريق!
ولكنَّك تجهلُ كيفَ تتصرَّفُ؟!
فتدع الأمورَ تجري حتّى تقفَ وحدَها،
فأنت لا تملك القُدرة على تحمُّلِ المزيدِ!
لن تُعاتِبَ أو حتّى تلومَ، قد فعلتَ ما تظنُّ أنَّه صحيحٌ دون إلحاقِ أيِّ ضررٍ.
وذلك يَكفي، فقد تمسَّكتَ،
ولكن لا جدوى من التمسُّكِ أبدًا!
أفلِتْ يَديكَ وتحرَّرْ من كلِّ الشُّعور المُوحشِ،
فالشُّعور الّذي لا ينتجُ عنه سِوى اللّاشيء، هو عقيم.

الغُموضُ؛ مَوسوعةٌ شاسعةٌ جدًّا.

قد يقول الغامضُ كُلَّ ما يخطُر بباله، وكُلَّ ما يشعر به بشكلٍ من الأشكالِ، ويظنُّ أنَّه قد عبَّر بشكلٍ جيّدٍ جدًّا.

ولكن من شدَّةِ غُموضه لا يفهمه أحدٌ!

قد يظنُّ أنَّه بات واضحًا جدًّا، فينطَفئُ أمله عندما يرى رُدودَ أفعالِ مَن حوله!

وكلُّ ما يجول في باله: إنَّه لا فائدة من الكلام!

"طِيبةُ أحدهم لا تعني أنَّه شخصٌ سهلٌ."
كَونُ أحدِهم جيّدًا مع الآخرين، لا تعني أنَّه ضعيفٌ، أو من غير شخصيَّةٍ!
كَونُ أخلاق أحدهم سيّئةً مع الآخرين، لا تعني أنَّه بطلٌ، ولَديه السُّلطةُ والقوَّة!
أقولُ هذا لكُلِّ من وضعَ هذا النَّوع من النَّظريَّاتِ الَّتي لا أساسَ لها: (كبِّروا عُقولكم!)
لا أحدَ يعلم ما يجول في روح الآخر.

كلُّنا نظنُّ أنَّنا ننسى، ولكنَّ كثرةَ مُحاولةِ نسيان أمرٍ ما لا يُنسينا إيّاه!

أحيانًا نتناسى ونتغافَلُ، نُهَوِّن الأمور على أنفُسِنا، ولا يعني ذلك أنَّنا نسينا!

فبمجرَّد أن يمرَّ علينا أمرٌ، موقفٌ، أو حتّى كلمةٌ، يرجع كلُّ ما ظنَّنا أنَّه كان منسيًّا.

أبهِرْ نفسَك بإنجازٍ ما ظننتَ أنَّه صعبٌ.
إلى يومك هذا، وأنتَ تعلم كم من المصاعبِ اجتَزت!
وأيضًا تعلمُ كيف أنَّ كُلَّ يومٍ تملكُ ما يُسعد قلبكَ ولو كان بسيطًا!
أتمنّى لكِ يومًا جميلًا.

تفاهةُ الأمور ليست تافِهةً.
قد تكونُ تافِهةً بنظرك أنتَ، ولكن ليست كذلكَ بنظرٍ من أصابَهُ الأمرُ!

قد نحتارُ بين الـ"لا" والـ"نعم" في الكثير من الأحيانِ، ولكن غالبًا ما يكونُ في الوسط هو الأصعبُ بلا شكّ.

تَبني ولكن لا أساس للبِناء الَّذي تُشيِّدُه!
"سيسقطُ أخيرًا"
هذا ما تقولُه بعدَ اليأسِ،
وكأنَّك لا تعلم أنَّكَ بدأت بالطَّريقة الخاطئة.
ماذا تفعل الآن؟
تبدأ من جديد!
هل لا بأس بذلك؟
نعم، لا بأس! لأنَّ الأشياءَ العظيمة طريقُها طويلٌ.
وهكذا أُحادث نفسي عِند الضّياع..

نحنُ لا ننسى.

نحن ننشَغلُ، نتجاوَزُ، نصبرُ وأحيانًا ننسى الشُّعورَ، لكن كلُّ شيءٍ يُحفَرُ كالوَشم!

وبمجرَّد أن يحصلَ ما يذكِّرنا بهِ، تجري الذِّكريات كأنَّ هناكَ من أطلقَ سراحها من السِّجنِ!

قد تكون الذِّكرياتُ كرصاصَةٍ خرجت من مسدَّسٍ.

وأحيانًا نظنُّ أنَّنا نسينا، حتّى أنَّ الذِّكرياتِ لا تأتي على البال بتاتًا، ولكنَّ الأصحّ: هي مُخبَّأةٌ فقط.

أنا من لا تُحبُّه أحيانًا، ومن تعشقُه أحيانًا أُخرى.

أنا من لا تُريدُه، وتتوقُ إليه في الوقت ذاته.

أنا من مَللتَ منه، وما زلت لم تملَّ.

أنا من بجانبك، لكن لستُ مِلكَكَ.

أنا هُنا، ولكن لستُ في مُتناوَلِ يدكَ.

أنا التّناقُض الَّذي تتجاهَلُه في داخِلكَ، ولكن تُوقِنُهُ في عقلك.

أنا من يعزُّ على قلبك، ولكن لا فِكرة لديكَ.

سأجعلك تُقلِّب الأفكارَ حتّى تعرفَ من أنا في حياتك!

نحن لا نقرأُ الكُفوفَ، ولا نجلس في عُقولكم،

حتّى نُدرِك ما تُريدون!

نحن قُدراتٌ، وجهاتُ نظرٍ، واختلافُ آراء.

لا أُمثِّلُك، وأنتَ لا تمثِّلُني.

أنتَ نفسُك، وأنا نفسي.

لا تنظر إليَّ من منظورِكَ فقط! فأنتَ لا تعلم ما يُوجدُ خلف م

رآتي الصافية.

هُناك خرابٌ، هُناك دمارٌ، وحُطامٌ!

هناكَ بركانٌ كادَ أن يثورَ، ولكنَّه سَكَن.

أنت لا تعلمُ ماذا يوجدُ خلف مرآتي الصّافية!

هُناك كتمٌ وخربشاتُ حروفٍ، هُناك غصّاتٌ وبعثرةُ تعابير!

هناكَ كلماتٌ تصادَمت وكُسِرت،

حتّى باتَ إعلاءُ صوتِها مريرًا.

لا تراني من منظور نفسكَ، فأنت لست ولن تكونَ أنا أبدًا.

وفي الخِتام..

أشكُر أُمّي أوَّلًا، وكلَّ من كان جزءًا من هذا الكِتاب..
وكلَّ من شجَّعني..
أخي، وأختي، وأيضًا صديقاتي. أجل، إنَّه كتابٌ صغيرٌ جدًّا، وهذا لا يعني أنَّه بِلا معنى.
في هذه الدُّنيا أنتَ لستَ وحدَك، هُناك أفرادٌ لا تعرفهم قد يُشاركونكَ نفسَ المشاعرِ، وإن اختلفت المواقف.
أنتَ لستَ ملاكًا! فالكثير يعيشون ما قد تعيشه، والجميع لديهم مشاعر.
الخُروج من طاقاتٍ إيجابيَّةٍ إلى سلبيَّةٍ، والعكس شيءٌ طبيعيٌّ جدًّا!
ولكنَّ المُهمَّ هو ألَّا تبقى مُتمسِّكًا بالسلبيّ.
استجمعتُ طاقتي وعزمتُ على الكتابة، وأتمنّى أن يكون قد لامسَ قلوبكم، أرجو أن تكونوا قد استمتعتم بقراءة ما كتبتُ، كما استمتعتُ أنا بكتابة ما وَرَدَ.
لكُم جزيل الشُّكر والتَّقدير.